赵树理家乡文学丛书

U1007742

心河雅集

王登峰　主编

山西出版传媒集团　北岳文艺出版社
·太原·

图书在版编目(CIP)数据

心河雅集 / 王登峰主编 . —太原:北岳文艺出版社, 2021.12

(赵树理家乡文学丛书 / 崔奇主编)

ISBN 978-7-5378-6504-3

Ⅰ. ①心… Ⅱ. ①王… Ⅲ. ①诗集—中国—当代 Ⅳ. ①I227

中国版本图书馆CIP数据核字(2021)第273198号

心河雅集

王登峰 主编

//

出品人

郭文礼

策 划

郭文礼 马 峻

责任编辑

吴国蓉

书籍设计

张永文

印装监制

郭 勇

出版发行:山西出版传媒集团·北岳文艺出版社

地址:山西省太原市并州南路57号

邮编:030012

电话:0351-5628696(发行部) 0351-5628688(总编室)

传真:0351-5628680

印刷装订:山西立方印业有限公司

开本:710 mm × 1010mm 1/16

字数:160千字

印张:11.25

版次:2022年7月第1版

印次:2022年7月山西第1次印刷

书号: ISBN 978-7-5378-6504-3

定价:46.00元

总　序

2021年是中国共产党成立100周年，也是人民作家赵树理诞辰115周年。值此重要时间节点，中共沁水县委、沁水县人民政府特推出“赵树理家乡文学丛书”，旨在传承赵树理文化、弘扬赵树理精神，展示文艺创作新成效、呈现文化强县新气象，以新时代“山药蛋派”新作向赵树理先生致敬、向党的百年华诞献礼。

沁水以其深厚的文化底蕴、淳朴的民风民情、多彩的民俗传统，孕育了开创“山药蛋派”先河的一代文学巨匠——赵树理，赵树理倾其一生都在用心用情书写农民、至真至诚歌颂农民，“铁笔圣手”的名号享誉全国，“山药蛋派”的影响更是历久弥新。

深受赵树理及“山药蛋派”熏陶的沁水人，立足乡村乡情、乡风乡貌，笔耕不辍、钟情翰墨，涌现出了田澍中、潘保安、葛水平等一批有影响力的作家。此次出版的“赵树理家乡文学丛书”正是沁水优秀文艺人才的作品集，更是近年来沁水文学创作的集大成者，全书共7册，其中长篇小说4册、中短篇小说集2册、诗赋集1册。翻读此书，沁水“清凌凌的水，蓝莹莹的天”的秀美环境跃然纸上，沁水厚重悠久、绵延不断的文化底蕴淋漓展现，沁水人民昂扬向上、踔厉奋发的正面形象栩栩如生，这是一套了解沁水、宣传沁水，读之受益、回味无穷的精品佳作。

相信丛书的出版，必将极大地激发广大文艺人才的创作热情，更好地推动沁水文艺事业的蓬勃发展，假以时日，沁水必将涌现出更多的优秀文艺人才和文学作品。

是为序！

2021年11月

目录

阿登作品

思晨阳作品

潘闫苗作品

张旭东作品

裴云娟作品

郭建芳作品

王书英作品

史斌作品

苏伟作品

董春花作品

王杰作品

田杰君作品

王春林作品

刘晓玲作品

涧泉子作品

紫袍人作品

田晋元作品

王玮作品

王新福作品

阿登作品

阿登，本名王登峰，自号兰若居士，沁水人。中华诗词学会会员，山西省作家协会会员。

乘雪邀茶人未至

渐看行无路，杯情几日挥。
孤窗唯我唱，一夜对花飞。
醒自茫然客，眠随寂寞衣。
斯人来复去，岂在座中围。

冬日见沁河古堡窦庄凋敝有叹

迭代城犹在，披风返百年。
庭堂丁有备，门廓马时穿。
进院仍香牖，雕墙未蚀砖。
云流春尽易，无数旧河川。

小城初雪

临窗花未倦，彻目晓如晴。
足至情还怯，心同一色平。
飘扬唯夙愿，上下止空城。
坐与山川穆，斯年奉寂声。

历山秋登舜王坪远眺

断崖参错外，极目画图中。
朔雁携声慢，层林带影红。
天随秋色淡，人共远山空。
俯瞰云生处，徐徐绕壁风。

乡愁（新韵）

无边秋色掩孤村，草木森然不见门。
枫事渐随年事去，中间多少忘归人。

茶室品茗（二首）

其一

一壶春色几回调，静坐焚香意自飘。
素手拈来全是韵，浮生尽在指间摇。

其二

粗毫淡语话初融，素布青瓷案半空。
欲解浓情终又报，卑心总教竖泉躬。

湘峪三都古城旗袍秀有感（三首）

其一

薄雾晨曦过小桥，女墙深院待吹箫。
新愁若是从前巷，总教风华上细腰。

其二

宰相楹牌次第堆，旌旗炮戟任谁来。
恩荣最怕风吹去，也剩佳人寂寞台。

其三

莲步轻摇水渐弯，柔肠颓垒已相关。
湘溪识得当初慢，画里幽思画外山。

己亥年置桃花酒会并三绝酬众文士（三首）

其一

枝上芳菲眼底春，一时糅入酒中陈。
开歌先得倾杯彩，尤是相逢忘语人。

其二

闷中春色几年香，未遇骚人不肯尝。
落魄衰颜无可赠，随君一并湿愁肠。

其三

花谢人来两相违，经年谁与惜卑微？
樽前如若伤春客，不问浮沉问落飞。

致赵树理

根盘泥土爱成河，疾走沟渠慢转坡。
铁笔描来迁变事，痴心谱就自由歌。
含冤未改当初志，为众何妨后有驼。
四十余春魂已寂，溪边重唤二黑哥。

庚子秋末欣逢小城创文成功

云烟山雾总相侵，近岸橙黄目渐深。
楼境如非憧憬卷，曦光可是愿情针？
泥丸旧巷年曾少，腹案新愁笔到今。
早盼天风开眼色，余生更向画图寻。

感年终诸事不易
并贺心河诗社成立三周年

久病床帷话自珍，三年总教句成真。
纷扬笔下仍初雪，唱和门中幸故人。
夜半也曾愁浸发，胸间纵有痛携尘。
尔来望月多风泪，不到楼头不可津。

闲来又忆东坡

新词几日为谁穷，漏断人幽影亦同。
赤壁重游山尽暗，乌台已罢事多空。
一樽清酒迎头月，百代浑流倚杖翁。
寒食帖呈生半逝，临来恍在雪堂中。

清平乐·眠

寰球皆新冠病乱，唯中土秩序，遂感。

梦长春早，杜宇啼难了。柳色风烟年年绕，记起柔黄多少？
疫疾声里新城，兰幽室暖鼾轻。只道从前皆慢，一枝开待窗明。

临江仙·戊戌年春节正感风寒

病若顽丝不尽，心随乱雪飘稠。披衣人问室中囚。半生如絮去，何必苦风流？
闲日冯唐怕老，殇年容若知秋。浮光重拂此间楼。新茶仍可奉，红夜照花头。

鹧鸪天·上元节思怀

宵月城头又一轮，微寒独步小城春。纵然灯火阑珊夜，仍是笙箫寂寞人。
红纱影，绿罗裙，旧时今日恍难分。无端忽叹鱼龙荡，卷尽年光若有痕。

蝶恋花·花祭

近日闲愁皆入树，到眼芳菲，半作红酥雨。久伫廊阶难举步，香魂满径知何处。

冷色晨阳斜照路，乍感春温，已教春来误。转尽年光身似旅，游园不语青如故。

浣溪沙·独居

其一

四十年来懒奉迎，疯痴曾效未央生。无端负了几人情。
欲散愁时风已住，方闻笛处噎无声。孤窗黯去是孤灯。

其二

旧巷新街满地黄，穿廊复绕小寒塘。近来谁与话天凉。
常对昏灯搜古韵，仍由宵露湿衣裳。无情未必是寻常。

拟古之过年盼夫归

着眼城镇化阵痛，假妇人之口而叹。

君累霓虹境，我还拭灶尘。
聚时君如影，别后影怜人。
一去三百六，夜夜听钟轮。
闻悉薪酬毕，何时思动身？
翁慈背渐沉，顽劣尚可随。
我亦浓半分，鱼纹荏苒追。
羞着唇上彩，抖描镜前眉。
尽除庭外蒿，细理盆中姿。
不思夙夜苦，唯虑雪有痕。
殷殷空闻笛，寂寂又残飧。
仗竹辞旧际，何为忆新婚？
嘘唏侧复立，披衣备鸡豚。

渔家傲·空仓晚照①

凌寒自有踌躇步，高台为我生云雾。翻卷年年来复去。峰仍竖，边声画角当时暮。

可叹悲身迎敌弩，而今放眼皆成树。最是新游知旧故。何人误？何人又被斜阳抚。

①空仓晚照即沁水古十景之一，登临可遍览长平古战场。

思晨阳作品

思晨阳，本名田李强，公务员，沁水人。中华诗词学会会员，山西省作家协会会员。

天仙子·访古寺归来

初到佛前心未静。一叶一枝春锁影。看花花笑我应知，佛未证，人没醒。且向桃花庵后请。

问道山门寻石径。买酒胡同求酩酊。半天细雨半天晴，雨微冷，天常哽。杯酒红尘煎苦茗。

定风波·访鹿台

山路迢迢访鹿台。林深日透彩云开。未及问寻僧定处。且住。秋蝉声断一枯槐。

暗地四年终化羽。狂舞。泪珠湿透葬身骸。非是不知升堕路。停步。只知身后也将埋。

江城子·过窦庄

滔滔沁水到城东。水匆匆。浪重重。一绕城孤，再绕百年空。未见苍茫霞又晚，来未静，去何穷。

夫人城上渐西风。泪朦胧。问谁同。窄巷高墙，依旧指苍穹。且待夜阑任客诉，论时下，数英雄。

念奴娇·观月台看雪

月台逆眺，见群峰雪漫，北风凄雳。万丈崖前飞雾锁，狂虐一山秋碧。枯树琼枝，含霜垂目，冷摄三分魄。金秋时节，此高几近天域。

我欲风鼓狂歌，那堪风啸，使我歌如泣。泣罢群山寒泣石，寒石独承萧涩。不是多情，应非妩媚，凝泪妆银柏。历山高处，声声冰裂如镝。

摸鱼儿·踏花词

望苍茫，世间之大，此身可有安处？古今旷绝天涯远，来往万千寒暑。询此处，春尚好？一山桃杏残零否？何人倾慕？不过百年风，也曾花落，错走两三步。

无情碍，且把回程眷顾。轻尘遮眼几许？前途漫漫花飞地，不见古人新路。君且数。屈原问、陆游悲示唐寅赋。虚名最误。步后惹尘埃，路单林密，总有放还处。

定风波·悲红叶

含露低垂一树花，碧云粉泪半层纱。多少心酸霜扑地？未记。青春过后北风斜。

陡见飞红肠寸断。心乱。生如落叶死如葭。长泪未曾偷拭去。答汝，此山尽处早还家。

清平乐·红叶

挨过夏暑，喜把今秋舞。山翠树青何处去，换了红袍紫缕。

纵是无限缤纷，毕竟山路氤氲。红透此番以后，来年仰看新春。

水调歌头·中秋望月

君看一轮月，是夜照几家。任它圆了还缺，风笼半天霞。梦里经年归晚，奈我山高路远。相遇在天涯。咫尺不曾远，千里一杯茶。

也垂泪，高望眼，对长嗟。坐听月下，娥黛何处起琵琶。多少花开含戚，几度秋伤悲寂。夜静月西斜。执手红尘里，长艳一枝花。

喝火令·过鹿台

料鹿台秋后，正香漫石岩。几曾孤马踏优昙。残瓦寒鸦轻诵，无处悼尘庵。

寂寂流云去，长余一佛龛。对怀河洛寺前杉。念也山空，念也垄霜惭，念也蒹葭苍莽，一并付风喃。

浪淘沙·洪谷行

无事趁东风，约起匆匆。停车洪谷入深崧。绿水伊人相对笑，醉满苍穹。

远处一山红，漫落从容。枝头点点意浓浓。白露寒霜秋尚好，不负今逢。

苏幕遮·鹿台听琴

泪如泉，云过也。忽地风雷，伴鹿台仙乐。小处幽咽乡近怯。大处嘶鸣，一阵蹄声烈。

眼微湿，心颤也。沥沥滴滴，撩动无情夜。琴上丝丝皆是血。此刻正中，勾起黄昏月。

苏幕遮·平生事

月儿弯，星夜碎。一晌无言，小酌三分醉。酒入枯肠天下计。唯有红尘，尘滤穷途泪。

午时风，前日事。怕是难留，留也青丝敝。农野匆忙千亩穗。书旅匆忙，碌碌平生昧。

南乡子·石楼红药

冷夜念春归，山寺西边独自悲。回首去年芳满径，知谁，红药丛中对面痴。

晨露打花眉，不见君来步履迟。已在梦中将话尽，谁知，不负相逢不负诗。

沁园春·雪中记

雪夜迟归，石楼山前，静驻行人。看茫茫前路，姗姗进履，萧萧一片，净净无尘。南北之间，杏河两岸，暂歇繁华可待春？两三日，笑老无尊样，少不常循。

有人今夜殷勤，便可料，有人夜失魂。看往来年少，风华正茂，一颦一笑，催老吾身。唯喜梨花，白衣城阙，挨过寒门换后坤。何其幸，有万家灯火，大雪纷纷。

行香子·夜逢雨

昨夜星空，今夜星稀。唯倦鸟夜夜归迟。河风吹紧，山雨低垂。望灯中影，风中伞，雨中谁。

匆忙一晌，疏庸一世，更难寻一处闲栖。廉颇未老，李广飞蹄。恰胆犹存，志犹在，遇犹时。

临江仙·过丁家庄

初二，大雪，携子登石楼，望北山，偶过丁家庄。见人去村空，残垣断壁，一片破败景象。唯有道旁蒹葭傲立、门前对联殷红、村口古槐沧桑……

大雪长遮俗世，石楼也静山空。居高临下望苍穹。碧峰寻不见，梅杏借春风。

白发黄童前后，荒村故道蒹丛。两行新印向村中。曾经年少事，历历老槐胸。

古风·洪谷行

君不见画里匡庐突兀现，九天瑶台隐此间。
君不见仙家笔下画成真，千年未出第一人。
若得半日闲暇洪谷旋，一睹如画山水生无憾。
入谷未闻深树鸣，先闻流水涓涓零。
入画未见花似锦，先见两岸山耸云。
云丘尽处白雾起，缥缈直上化春雨。
春雨先到桃花源，一路红湿小桥前。
过桥望，有人家，茅屋门前飞野鸭。
点点苍苔流石上，时时蛙声唤杜鹃。
一河浅水洗浮华，藤上星鸦笑君欢。
只恨言讷语乏味，能尽道者无二三。
长恨未生四耳目，只留遗憾在人间。
噫吁嚱，可惜可叹，噫吁嚱，美乎妙哉。
君不见眼前山水入匡庐，先生一笔传千古。
君不见至今南阳时时颂：
太行有洪谷，洪谷出一人，
胸中八分墨，绘尽武陵春。

致常伦：秋风曲

瑟瑟秋风曲，华叶伴霜落。
松涛百丈怒，强项泪滂沱。
天生楼居子，年少性不阿。
朝闻知州令，日暮别官舍。
结庐南山下，草堂宾客多。
久慕高古士，击剑拜荆轲。
也邀谪仙人，把酒伴长歌。
长歌千古韵，风流天下闻。
大风起，长剑舞，正黄昏。
前程是何处，唯有避俗尘。
茫茫然，一骑飞马逐月去，
长江不语祭仙魂。长叹息。
谁道屈子后，再无风骚人。
秋风至今颂，功大不容身。

潘闫苗作品

潘闫苗，网名松间明月，沁水人。中华诗词学会会员，沁水县作家协会会员。

黄花节登清凉寺

黄花随远目，开向白云边。
树老风微颤，钟疏日正悬。
已然峰聚气，莫叹壑生烟。
掌入禅声合，相辞亦是缘。

夜访石楼寺

山高风送爽，阶静野村明。
今夜楼台寺，隔堤灯火城。
影斜人自寂，枝漏月当盈。
不问禅中事，愿闻钟一声。

南山秋晨

秋声无不搅高林，谁对清风寄恨吟。
却看杏河桥上柳，青丝乱抱碧云心。

杏谷朝霞

日暖风轻花正芳，弥山填壑放天香。
春风怎不偏心眼，一脸绯红在此藏。

杏乡村居

户落深山三五家，清风习习柳枝斜。
晚餐煮在夕阳里，几缕炊烟绕杏花。

大任石

一诺沉沉不问年，甘当大任立中天。
山河从此皆为证，十万霜风不歇肩？

雨中梨花

痴人犹带十分诚，风动花姿我动情。
忍对卿卿娇带泪，谁能以此恨春声。

历山红枫

霜染枫林色更菲，红云醉眼不思归。
西风何故吹来急，一地寒声叶乱飞

西峡

哪谷能如此谷深，荫荫夏木鸟蝉吟。
青苍石转花溪水，奏着清音可洗心。

北山咏月

瞻光寂寂透疏林，一夜清辉与客心。
任是生平偏爱月，楼头笔下作知音。

题沁河夕钓图

日落余晖天地同，金光淡淡几分红。
人间亦有逍遥客，一竿闲情一钓翁。

古堡抒怀

细雨新亭柳色明，曾经刀剑锁重城。
烽烟散尽千秋道，立地犹闻鼓角声。

建党百年题
南阳抗大太岳分校旧址（中华通韵）

人着戎装马带缨，银毫挑落满天星。
枪声更比书声疾，多少男儿又出征。

下沃泉康养基地

老街深巷净无尘，燕语莺声入耳频。
更叹此乡风物好，白云深处养精神。

南阳古槐

街边老树不知年，雨打霜摧志更坚。
枯干亦留风骨傲，劲将秃笔写苍天。

过龙隐山庄

恍然回到梦中家，坡种流云路种花。
竹户时回星夜里，小窗几处卧鸣蛙。

太行洪谷

天开洪谷水云长，一览青苍入杳茫。
莫道画师归去远，匡庐尺幅墨犹香。

湘峪古堡抒怀

昔日名臣已作丘，古城累代几重修。
岸边仍列藏兵洞，盛世不闻鸣角愁。
堡垒春秋长寂寂，河声日夜尽悠悠。
百年时世随流水，唯剩斜阳照戍楼。

大尖山林区

层峦叠嶂傲苍穹，举日擎云称伟雄。
花艳难消林海碧，松挺方显大王风。
遥思陋室生幽绪，回望画楼起雁鸿。
向晚爽风流不断，夕阳亭外洗心空。

蝶恋花·中秋龙湾追月

一曲和声醒彩袖，醉里悠扬，风采还依旧。多梦龙湾今夜昼，琴台对月共诗友。

怎奈寒秋听雨奏，疏影昏灯，情尽三杯酒。冷落吟心伤别柳，空余萧瑟堪回首。

张旭东作品

张旭东，网名青青子衿哥，退休干部，沁水人。沁水县作家协会会员。

登鹿台山

览芳寻古道，有鸟绕枝宣。
写壁千秋雪，流沙万丈川。
悲欢皆外物，山水以颐年。
且看云开处，将来一段嫣。

秋思

人与秋山共此时，秋山秋我两情痴。
无言细数天边雁。谁寄离人一行诗。

紫荆

莫忆枝头青鸟信，春风几落几更生。
问卿多少相思语，化作琴声指上鸣。

山中夏日

一袭香风过草径，小枝轻颤乱红迎。
荷杯深浅花荫下，饮罢泉声饮鸟鸣。

渔家傲·山中风

蒹葭流絮飞韵绕，青峰远近岚烟渺。有风声声相悦好。连窝草，夕阳老树荒坪小。

曾作花红丛中笑，又临山荆风前老。四野茫茫声渐悄。同林鸟，一天星月正妖娆。

如梦令·红绢

一顾天边月满，再顾人间春暖。卿在水之南，纤手轻抛红绢。红绢，红绢，风里且行且远 。

天净沙·花下

暖风老树新丫，小桃纤草春娃，燕燕莺莺薄纱。
瘦枝影下，那时曾也拈花。

临江仙·小村

懒散黄牛山后，悠闲鸡鸭庭前。蓬头村妞浣溪边。忽闻生客至，低首掬流泉。

游子依依树下，归来已是经年。绕篱青蝶自流连。沙坪落日尽，相顾几缠绵。

浣溪沙·春夜吟

莫忆山荆落百灵，昔时风物当年卿。枝头几谢几青青。

且把平生千万绪，换为琴上指弦鸣。一弯闲月一窗灯。

西江月·老杏

寂寞百年老杏，依稀几处新绦。白云深处寄山坳，来去二三林鸟。

红碎难留浅笑，苔残偏领风骚。着花不为苦争娆。只报春风知道。

少年游·校树吟

青青又发去年枝。一树着花肥。亭亭冠伞，芳芳日暖，书语伴红飞。

欣有春风沾化雨，诲我少年时。迎迓送往　每思情短，叶下自成蹊。

临江仙·远草寸心

未计天高地远，小枝欢发从容。芸芸荒外曳芳丛。举头千万盏，遥叩寄幽衷。

莫道众生渺渺，知微会报春风。寸心犹在不言中。晨描一点绿，晚写一星红。

卜算子·蝴蝶

一吻感君怜，一吻知秋晚。纨扇轻分意迷离，几度花容乱。

卿有百重柔，我有千般暖。纵使寒枝因霜残，不废流香远。

清平乐·题《古城夕照》图

日落云住，最是销魂处。寻问醉红千万缕，许我几分可否？

也想拥立轻柔，任风吹发桥头。且与城楼闲鸽，一染岁月悠悠。

清平乐·蓝调小城

晓风初送。雨后轻岚弄。谁过长空骑青凤。划破一城幽梦。

山是水样情怀，水是岸柳妆台。仙子娇慵不语，眼波明灭难猜。

裴云娟作品

裴云娟，网名四月，教师，沁水人。沁水县作家协会会员。

雪夜思

昨宵挥手去，今夜忍思归。
不见家乡月，清歌伴雪飞。

坞岭堆云

云海沉浮时聚散，岭开两地各温凉。
人生到此回头望，半是繁华半渺茫。

咏雪

养在仙乡貌若花，飞川越岭点枝丫。
娉婷好似闺中女，却洒祥符到万家。

惜枫

朝覆寒霜面已非，声声暮雨不觉催。
无情最是秋风劲，却把丹心送与谁？

题明月小筑雨竹图

细雨轻尘抚玉筝，斑斑瘦影任平生。
若无闲事挂心上，敢许倾杯到五更。

历山访红叶遇雪

历山秋色几分浓，半是枫红半是冬。
妙手织成千段锦，引人相携上云峰。

三都古城旗袍秀有感

一水东南映碧穹，银龙飞驾借熏风。
桥边袅袅倾城色，心上眉间各不同。

悼屈子

一跃滔滔心事重，波光从此恨无穷。
郢都迢递三千路，尽在汨罗江水中。

和子衿哥鹿台石

即辞离恨大荒天，尘世茫茫结夙缘。
久为白云擎积雪，且随明月伴清泉。
禅房花木深几许，仙骨凡心又一年。
霜幕雨帘浑不觉，新桃旧帕对愁眠。

碧峰耸翠

步步石梯通古寺，层层翠色隐神明。
千枝摇叶惊鸡树，万壑流泉不老声。
鹤唳已然随水去，鸟啼依旧伴春行。
人间多少逍遥客，抛却浮名一世轻。

冬夜忆母

乌啼月落晨炊备，课罢归来道畔迎。
年幼病中携手紧，冬寒夜里掩被轻。
冥思往日长相伴，痛悔而今每独行。
料想年年应寂寞，无言垂泪到天明。

采桑子·初雪

晚来风过梧桐树，一夜飞花，开遍枝丫，晓看娉婷裹素纱。
东邻稚子呀呀叫，小手频抓，竹马轻滑，半日嗒嗒未至家。

浣溪沙

一夜秋声梦不成，五更惊起锦衾横。晨曦微露小山屏。
松桂入诗菊入酒，且吟七月且徐行。晚来风里忆黄莺。

长相思

花飘香，粽飘香。昨夜凭栏饮月光，今宵各一方。
叶飞扬，泪飞扬。雁字来时空对窗，白头情未央。

忆江南

霜林醉，点点忆风流。执手溪南寻野趣，扶栏桥上对双眸。声在故园秋。

清平乐·过土沃（新韵）

长空破晓，车过惊山鸟。屋侧层层叠玉茭，此处风光正好。

大棚林立村郊，小楼镶嵌山腰。最喜柿子娇巧，枝头自顾妖娆。

鹧鸪天·戊戌上元夜思母

又见银盘挂碧霄，上元灯市自妖娆。侄孙携老相逢笑，慈母牵儿把手招。

山寂寂，路迢迢。归来惆怅意难描。旧时多少悲欢事，一任窗前树影摇。

渔家傲·忆去岁雪夜

浑天一目银装俏，几人尖叫几人闹，频唤归家言尚早。昨宵好，犹记琼花枝头绕。

此乐年年应渐少，未逢大雪空烦恼，唯对孤灯吟诗稿。君莫笑，也填一曲渔家傲。

钗头凤·中秋至龙湾

青苔路，蒙蒙雾。野田酸枣留人住。粗瓷碗，农家饭。齿唇香沁，几声欣叹。罕、罕、罕。

烟霞侣。红楼暮。竹吟庄院悠悠诉。弓琴颤，指弦软。今宵无月，醉歌柔婉。慢、慢、慢。

郭建芳作品

郭建芳，网名剑方客，事业单位职工，沁水人。沁水县作家协会会员。

梅杏河的早晨

溪流吟不绝，天籁发长歌。
健步朝阳下，人潮伴绿波。

登宇峻感怀

万里硝烟地，长风似马鸣。
悠悠花海意，脉脉挽群英。

三都古城

古城如画里，牛气直冲天。
绕郭垂金缕，连山拂翠烟。
碧波浮日月，高垒定桑田。
昔有辉煌事，今当破浪前。

登张峰北湖楼

王离东逝水，太岳卧平湖。
明月悬千载，沧波济众途。
伤怀秦战地，寄迹晋山区。
雨过群峰翠，安能学野凫。

访石室新华日报旧址（新韵）

巍巍太岳南，魅力沁河湾。
抗日硝烟地，忧时石破天。
新华报春色，碧浪鼓云帆。
志士为民众，凛然贞气传。

致沁水援鄂医疗队

木兰欣赴鄂，战疫助苍生。
仁者消灾瘴，征人怀橘情。
彩云翔宇度，丹凤翥天行。
济世扬医德，除疴万里明。

贫户乔迁入新村

昔日山居简，残垣漏瓦房。
开园辞旧院，近市入华堂。
家国恩波阔，吾曹生意昌。
云楼新客笑，喜气四邻光。

春来沁水城

柳畔梅溪绿映红，山城无处不春风。
试看鹏翅凌霄宇，龙港扬帆向远空。

风力发电

危竿长翼碧空旋，云卷雷鸣万仞巅。
浩气无穷谁驾驭？天公摇扇惠桑田。

访太行洪谷

久闻洪谷子名贤，今赴南阳花正妍。
蓝鸟灌丛才落地，雉鸡枝上又冲天。
玉溪穿石鸣沟壑，云路通幽登岭巅。
山水画儒当不愧，匡庐图墨著奇篇。

冬月苏庄河偶得

翩翩白鹭涉冰河，爪下泠泠动地歌。
岸畔枯枝根欲发，门前活水草扬波。
春来遍野群生盛，日出连山万象和。
黄柳翠微悬倒影，涟漪清浅海云多。

访历山

云岚飞瀑涧溪流，峻岭松涛韵不休。
展翅锦鸡猴望月，冲天霜鹤雁回头。
重华种黍民风继，盛德求贤节物酬。
宛转登临唯意远，莽原花海复神游。

历山红叶

千崖万壑醉嫣红，绿野黄栌透碧空。
昔日先贤崇白鹤，今朝故里壮丹枫。
勤勤许国添华发，切切为民守赤衷。
试看历山前路锦，云鹏抟翼竞争雄。

太行洪谷

苍山云岭千重锦，旷野霜秋一抹霞。
忆昔前贤乘鹤去，匡庐笔法后人夸。

沁水秋光

梅杏川流雪鹭翱，小城秋日胜阳春。
橙黄黛绿群山秀，月白风清万户新。
青霭石楼悬倒影，碧峰钟磬隔嚣尘。
复兴园里歌声荡，追梦鸣琴好景臻。

贺沁水入选全国文明城市

文明花绽梅河畔，鹊喜凤原①鸥鹭翩。
水库清波扬万里，山城秀色惠千年。
仁心教化民风古，礼度宽平吏道贤。
放眼乡关新气象，身随芳草醉林泉。

①凤原是沁水县城之古称谓。

行看沁水畜牧业

崎岖幽径入云巅，百转萦回别有天。
寥落山家通僻壤，峥嵘尘世望丰年。
博施雨露千秋计，共济生灵万事迁。
玉管悠悠梅映雪，乡村处处壮诗篇。

鹧鸪天・赏沁河湾

少水悠悠第一湾，九龙戏玉碧生烟。犹闻夸父穷追日，共惜羲和又举鞭。

山寂寂，水涟涟。千回百曲向南天。驰情云鹤寻幽境，梦入松林逸韵传。

王书英作品

王书英，网名踏莎行，教师，沁水人。沁水县作家协会会员。

春游杏谷

其一

煦日柳抽芽，春山一路霞。
踏青生逸气，笔下妙如花。

其二

去岁此山中，枝枝小杏红。
今朝凌云上，可与旧时同？

登碧峰

云山初夏碧，绝顶凭阑观。
莽莽松原茂，泠泠晓雾漫。
野花依白石，小径绕青峦。
愿作逍遥客，无尘心自宽。

登石楼寺

仲秋晨雨霁，缓步上云楼。
叶落千山旷，钟鸣四境幽。
轻烟随愿袅，梵语助心修。
此刻菩提下，顿然消百忧。

忆同窗（新韵）

春来浑不觉，惊见草青青。
旧友今谁在？天涯苦自行。
风尘羁旅客，流水故乡情。
转眼红芳谢，空怜断梗萍。

己亥中秋后送友赴并

欢聚亦匆匆，翩然又远鸿。
车尘追夕照，山色厌凉风。
谁惜寒和暖，空嗟穷与通。
流连于此日，契阔半生中。

赞红叶

秋娘妙手绘丹青，遍野红霞带露明。
画艺当年谁给授？一支神笔恁倾城。

咏梨花

枝头袅袅落纤云，玉骨生香尤可人。
试问缘何清似雪？冰心一片未蒙尘。

将军忆

律回宇峻百花明，似忆将军率甲兵。
岭上松高含浩气，涛声阵阵诉离情。

赏春

四月芳菲遍岭红，丛丛婉韵醉春风。
多情骚客歌不尽，一阕相思寄梦中。

湘峪古城

皇家眷宠筑高墙，满院功勋日月长。
辅弼大明成伟业，惠连当世谱华章。
碉楼霜后威仪在，府第春来弓箭藏。
且看古城风正劲，鸿飞鹏举向朝阳。

悼袁公

忽闻噩耗六神惊，旷世奇才驾鹤行。
勤力科研无倦色，赤心许国有真情。
纷纷时下争名利，寂寂农田盼雨声。
百姓思公何处去，稻花香里忆隆平。

游西峡（新韵）

古县偏西有涧峡，险峰乱石浩无涯。
枝头鸟唱烟云淡，谷底泉流草木嘉。
莫笑深潭寻幻影，何妨绝顶赏繁花。
情因美景难移步，不醉清风醉晚霞。

游杏谷

且与东风约硖沟，心身随兴似云游。
山间鹂鸟争鸣树，陌上青芽竞出头。
初绽杏花香野径，轻飞彩蝶媚田畴。
畅然春色千般好，回首频频不肯休。

叹东坡

乌台卷浪半江愁，锦帽貂裘付浊流。
策杖田园耘百陌，披蓑风雨上层楼。
伤情万里已灰木，多舛经年不系舟。
可笑此生成底事，文章有幸耀千秋。

端阳感怀

艾草青青黍角香，龙舟竞渡闹端阳。
千年汨水今犹在，一卷离骚却泛黄。
每叹丹心酬国志，可怜赤子恤民肠。
沧桑往事穿云过，江北江南浩气扬。

浣溪沙·闲情

不看春光不赏秋。白云流水两悠悠。无心原本似沙鸥。
独处江湖为醉客，轻舟碧浪一河柔。垂竿不问几时收。

采桑子·无题

红泥绿蚁邀朋欲，忽起凉风。吹乱枯蓬。片玉飞来妆正浓。
临窗痴望无踪迹，闲倚闺中。冷了杯盅。又过愁云几万重。

踏莎行·桃红又是一年春

龙岗桃香，沁河柳舞。轻云几片蓝天度。相约同伴趁东风，芬芳一路不曾误。

隐隐青山，悠悠乡土。长堤漫步频频顾。阳坡花事已荼蘼，惜春最是和春住。

阮郎归·咏蝉

绿躯薄翼宿林榛。喧鸣暑色新。山间饮露远凡尘。悠然似逸云。
歌盛夏，咏花辰。韶光几日春。秋风渐起怨枝贫。荒丘一抹痕。

史斌作品

史斌，网名真诚相拥，自由职业，沁水人。沁水县作家协会会员。

登玉皇顶

冬寒花木敝，玉印侧峰低。
云近觉天矮，城池隐曲霓。

沁水春景

春到沁河边，清丽恋旧燕。
小桥垂柳钓，童子戏飞鸢。

郭壁秋景（新韵）

古道云烟起，秋实郭壁丰。
飞鸿沁河旋，留恋北国町。

秋至历山

历山秋色好，览秀在中条。
红叶羞招客，金鸾急隐樵。
松声浮海市，鸟语起风潮。
逢麝延香梦，欣存翰墨骄。

村居石楼脚下

家近南山寺，日升听梵音。
晨钟惊倦客，暮鼓逐归禽。
春入香烟旺，寒生烛影深。
红尘诸事扰，祈愿了斋心。

贺太焦高铁开通

民情逾十载，开凿又几秋？
复赴中州宴，更赢晋地游。
峰高何苦急，路险岂能愁。
今日通车讯，难持喜泪流。

诗的情怀

诗仙诗圣绝风光，后辈龙孙底气伤。
吾学清词盈志趣，难酬意愿阅文香。

沁水秋景

北山南寺菊花黄，节至寒威雨水凉。
莫道眼前今又瑟，裸枝瘦柳夜填霜。

历山

四面崇峦一片天，青葱无处不流连。
三城共享菱花雪，百里同依日月眠。
千古佳名吟永世，万春胜境唱流年。
他山谁可吾山比，舜德隆恩代代传。

鹿台山寺

曾传佛地富绅民，遗世残垣怎作邻。
白雪光浮寒似玉，青灯影落夜如银。
连天香雾烟云合，遍野松声雨露频。
鹿台寺藏经卷去，何言繁盛恨离人。

讴歌中国共产党

红船赤子革新情，砥砺雄关破浪行。
直道先锋酬志勇，虚怀略阵夙心倾。
云峰磅礴腾泥淖，草地苍茫励壮程。
灭寇驱蒋惩腐败，富强逐梦为民生。

张峰水库

悦目龙湖暮色中，柏油大道坝桥东。
车随碧水波连树，雨洗青云雁过风。
灵谷斜阳山磊落，天台淡月影朦胧。
渔歌晚唱诗人醉，琴瑟融宵雅意同。

鹧鸪天·大美嘉峰

碧水千溪沁域流，宜居康养乐悠悠。赵公铁笔倡民主，古堡新村胜境幽。

辞旧貌，尽新楼。园区工业举金瓯。煤层岩气安民路，盛世嘉峰美誉收。

行香子·贺晋城市创建文明城市成功

凤荦无霜，古院书香，菊竞绽贺晋荣光。泽州不冷，喜事明彰。赞珏山奇，丹水秀，司徒坊。

霓虹炫酷，鸾姿凤舞，乐陶陶玉液酣觞。抒怀激奋，椽笔疏狂。赋《晋城美》，歌嘹亮，盛时章。

踏莎行·沁水古西关街

古貌西关，旧颜难返。作坊稠密街零乱。书生庙院荡清声，礼堂剧社佳名赞。

霞染尘街，华灯绚烂。月盈龙脖朝南苑。垂杨曲柳识春风，千家粥饭香飘远。

西江月·七一礼赞

华夏风卷霄汉，南湖雨打红船。神州怒吼震天寒，井冈红旗招展。

浴血拼争杀敌，救亡抗日艰难。百年卓绝血融汗，民族富强盛赞。

卜算子·雨后秋景

云消雨欲晴，洗净田畴岭。园菊幽幽香引蝶，山色枫红映。
冬鸟金秋迁，孤雁依依等。欲把题诗山水寄，落笔笙箫咏。

浣溪沙·咏舜王

遥望南界古夏州。女英泪瀑小溪柔。舜耕旷野嵌犁沟。
亘古流传佳话美。孝昌天地壮心酬。圣名常在水长流。

菩萨蛮·初冬登珏山

清寒旷野孤鸿舞，迢迢云路延峰去。最是朔风疏，山头草木枯。
丹枫霜染醉，金桂花蔫萎。今日早离家，登高沐晚霞。

苏伟作品

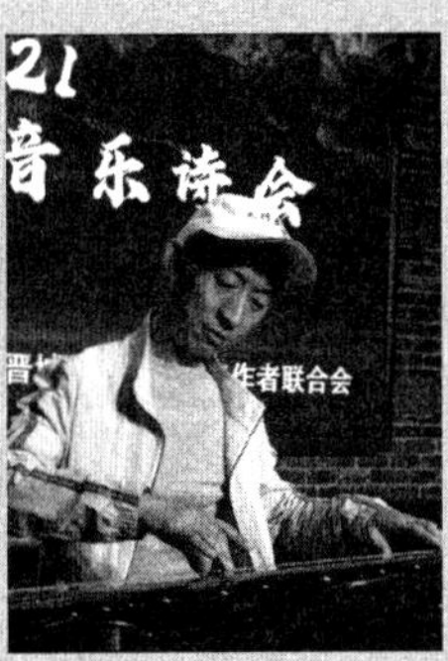

苏伟，网名安安，沁水人。
晋城市诗词楹联学会会员。

题街角蒲公英

不负春风一片情，水泥缝里暗初成。
伞离闹市三千里，志向平畴十万兵。

龙隐山居

欲解养心修静缘，徐开画轴岭西边。
娴娴民宿沿丹道，隐隐青龙入紫烟。
乘兴何妨盘石绕，纵情尽可绿茵眠。
清欢莫待成追忆，再沏半壶花下泉。

闯王筑兵寨

当年闯将与龙争，直入云霄取列城。
铁马春风朝出寨，牙旗血色夜归营。
免粮岁岁盟方杳，逝水滔滔草又生。
万里烽烟残帝梦，耳边犹荡鼓鼙声。

庚子端午感怀

雨后新凉且独行，无端飞绪转分明。
方今百国多风雨，何止万家论死生。
欲拟风骚同俯仰，却惭拙笔欠纵横。
倚栏心事凭谁计，唯羡遥空一雁轻。

辛丑年元宵节感怀

高楼四望素千寻，明月从来照古今。
往岁烟花空在眼，近年风雨实惊心。
筵前犹叹城封事，曲里不堪锣密音。
留取中宵光一段，为祈盛世入新吟。

题古堡夕照图①

金霞散入倍增明，磅礴山河气象横。
落日徐收天地色，古楼饱阅盛衰名。
堂前可效忧家国，堡内时闻论弟兄。
千孔蜂窝方在眼，一声云雁最关情。

①湘峪城为蜂窝式城堡。城墙和城内房屋上的拱形窗孔，密密麻麻，有如蜂窝，民间谓之“蜂窝城”。

春雨

昨夜随风潜入后，无穷春色逐人来。
酣滋芳草萌萌动，悄浸寒英浅浅开。
万里梳妆尘外景，少时涤尽世间埃。
酥丝任是濡凡物，可润枯心一点才？

立秋

连日炎蒸一雨收，葱茏山色澹新秋。
人家渐出疏林后，步道隐盘飞瀑头。
无限世机今已息，几多真趣却淹留。
应时风物偏惊眼，俯仰嚣尘未肯休。

郎平

勋名与世赫无穷，霸气纵横骇浪中。
几度争锋担大任，半生挂帅建奇功。
屡排绝地腾腾阵，旋起摩天浩浩风。
一脉精神承后继，谁言迟暮不英雄。

悼袁隆平国士

未评院士只撄宁，垄陌驱驰不暂停。
一世躬耕头等事，四方丰获万田青。
初圆禾下凉凉梦，却化天边皎皎星。
更叹楚江无限水，争流合愿到沧溟。

咏牛

朝出耕春甘俯首，夜归戴月未高声。
一鞭形色悠悠态，万户炊烟脉脉情。
马上当能开帝业，田间只合伴苍生。
莫言负重何时解，最是梦魂销父兄。

问梅

一入郊园万虑宽，冰魂彻骨正多端。
盈盈静向红尘绽，脉脉遥分清梦寒。
陌上春光犹独领，天涯心事共谁看？
暗香却自风前起，暇日流连兴未阑。

落梅

闲游心绪忍阑珊，陌上重临驻足观。
香瓣纷纷风处乱，清魂寂寂岭头寒。
可知尘世缘多少，堪悯浮生梦一般。
犹有疏疏余味在，此时真与故人看。

题政治生日

百年风雨且高吟，吉日欣欣难自禁。
贺卡彤彤怀素志，誓言耿耿忆初心。
半生坎路人将老，十载党龄思转深。
勉慰逢时需谨省，不随内卷噬光阴。

秋游

物茂清平日正长，且欣眼下好时光。
林间采药歌如籁，溪畔挥镰舞亦狂。
陵稻霜摧夫剪穗，棉田雪白妇提筐。
垂垂火柿悬东壁，串串红椒映北堂。
南圃山楂千匾艳，西邻玉米万檐黄。
壶斟菊蕊为佳酿，盘摘苹梨得饱尝。
云净枫丛何灼灼，天高鸿雁列行行。
羡君啸傲千秋趣，笑我驱驰两鬓霜。
闲里光阴宽一倍，感中世路隘多凉。
经游岁月痴无限，陌上归来兴未央。

董春花作品

董春花，网名花不语，沁水人。山西省作家协会会员。

迎白公路秋景

次第叠峰连入画，鹊啼岭上暖人家。
秋风送爽三千里，霜染黄栌醉晚霞。

游秋山

群峰一望共天齐，叠翠霜红惹客迷。
烟树斜阳秋色好，清风送我向云梯。

夏日舜王坪

犹见犁沟不见麻，茫茫云海接天涯。
野花婀娜迎游客，山脚黄牛驻影斜。

乡村人家

一湾碧水绕农家，袅袅炊烟向晚霞。
苦觅三千唐宋句，难描此景半蒹葭。

牧归

遥看炊烟扶袅袅，挥鞭催喝向山家。
平生可渡桥千座，唯有归时踏晚霞。

桃花

一春花酿一春诗，朵朵红云缀满枝。
人面虽多非所见，崔郎何处寄相思？

油菜花

百亩黄花朵朵开，蜂飞蝶舞画中来。
只言美景熏人醉，谁见农人汗满腮？

连翘花

一夜春风拂暖岗，花开十里醉千乡。
是谁尽染皇家色？直教群山换帝装。

错失赏杏花有感

欲随诗友嗅花香，谁料耕春细雨长。
无奈窗前搜旧句，空描一幅去年妆。

雨中赏杏花

四月芳菲杏谷知，雨摧花落碾成诗。
欲藏一朵留春色，又恐他人笑我痴。

洋槐花

琼花五月落凡尘，缕缕馨香送晚春。
谁是漫山辛苦客？遍寻不见种槐人。

残荷

曾见荷开浮碧水，奈何风过落红妆。
唯留傲世铮铮骨，不惧沧桑惧浅塘。

廊桥遇梅

两枝梅俏小桥东，何惧生来迎北风。
不与百花争尔宠，寒冬独傲我为红。

南山月季

月月邀来一片红，花开有别暗香同。
含羞才欲言相思，未料高人摄画中。

游西峡

一路莺啼一路花，恍如仙境笼青纱。
轻烟飞瀑回声远，浓翠奇峰驻影斜。
几缕清风知有意，一湾碧水洁无瑕。
平生最好云深处，不醉家兄醉晚霞。

乡愁

未敢常思梓里妆，缘何梦绕又归乡？
溪边垂柳如前绿，屋后桃花似早芳。
恍有儿时庭院景，已非昔日笑声扬。
推门试唤无人应，惊雀仓皇出旧堂。

忆江南

春消瘦，独自倚危楼。雨润千红香两岸，风催几绿上梢头。谁共画中游？

浣溪沙·新桃

已教春风揽入怀，新红点点试妆来。路边园内几行开。
醉眼分敷深浅色，几多心事为谁呆？逢人竟忘掩红腮。

浣溪沙

塘里荷残鬓染霜，楼台无语也凄凉。绣帘不卷懒梳妆。
风疾催开千万菊，雨斜更湿几家窗。满城萧瑟为谁殇？

采桑子·寻梅

雪凝翠柏群山远，天也苍苍。地也茫茫，昨夜何人画满窗？
欣闻园里梅争艳，急着红妆。携友成双，简挽青丝嗅暗香。

王杰作品

王杰，山西沁水人，事业单位工作人员，山西省作家协会会员。

蝶

悄独无人顾，娉婷复自怜。
不知花上舞，今夜入谁眠。

杏花

二月春归后，枝贫雪未消。
风来无处媚，恰遇杏花摇。

观应郭梨花

昨夜新枝白，风轻月入林。
不知春梦里，多少醉花吟。

中秋

多少相思念，圆成一月明，
平添迟梦里，几许叹乡声。

缘浅

才叹相知义，缘随一梦牵。
桑田多变易，情事少缠绵。
本欲长长喜，谁知短短怜。
仿如春恋雪，浅浅不经眠。

春

一夜轻风扶醉柳，几番梦里复低吟。
古来春事知多少，且向枝头慢慢寻。

无题

一去几秋霜叶尽，蔚蓝已染雾霾翩。
心香轻绕薰三界，半片污泥出净莲。

历山

一叶即知秋隐处，何须红透历山巅。
风回几度寒将至，应许空枝更自然。

端午

一曲离骚今渺寂，唯遗古习粽飘香。
门头艾草迎风和，独与诗人祭楚殇。

秋

岭翠苍苍千古色，如今斑驳醉成霞。
秋风不解相知味，总把飘枫当落花。

忆江南·雪

初雪降，四顾尽茫茫。大地接天泯一色，山川湖泊羽毛妆。疑入白云乡。

如梦令·雨

雨暮峰烟苔路，山寺游人稍伫。雾隐杏梅轻，疑入瑶台深处。一缕，一缕，恰似天人细语。

忆江南·沁水

梅杏畔，杨柳翠轻轻。云掩石楼不见径，夜昏山寺月斜星。花倦水波清。

归自谣·清明

山渐渐，枝上惜红三四点，峰头疏绿才回泛，清明本来愁半掩，风未敛，纸烟乱作亲人脸。

苏幕遮·暮色

柳遮星，湖映月。暮色轻幽，幽里琴声切。风过莲台花欲叠。暗影翩翩，竟有无穷叶。

世间难，难在别。此去途遥，一梦成庄蝶。如幻人生虚出没。多少离愁，终是随风灭。

西江月·忆王离城

风过池边枝跃，水弯草隙鱼闲。古来总是夜凉轩。恰至黎明不远。

点将了然无迹，王离波漫深渊。旧时记忆已成烟。却在别时蓦见。

捣练子·秋

月隐迹，雨成风，忽尔无声忽尔匆。许是夜长心正醉，醒来不忍梦回空。

采桑子·槐花节

枝头又见槐花缀，串串低垂。才遇风回。便着浓香入暮晖。

王离点将无从觅，旧影迷离。前事难追。不忍乡音作别归。

喝火令

昨夜天花漫，临明雪已晴，立枝银裹似冰凌。山寺磬声依旧，如梦未曾醒。

一句轻轻咒，喃喃度众生，此心含有菩提情。几度梅轻，几度杏娉婷，几度雾迷烟绕，解脱靠心行。

田杰君作品

田杰君，笔名天山，沁水人。沁水县作家协会会员。

咏盛世

清风沐素莲，碧水润桑田。
四海东风起，中天月正圆。

学诗三年有感

痴心如梦里，悲喜满诗笺。
最是无忧地，星天月帐眠。

端阳感怀

楚江水绿鱼翔底，鸟读晴空万里天。
屈子今朝应有叹，汨罗岸上写鸿篇。

中秋

柴门老树倚荒楼，小院青苔几处幽。
是夜云遮千里月，一山一水尽乡愁。

庚子年逢五十岁赏杏花有寄

沟坡荒野立孤身，半落花枝不似新。
同被山风吹作雪，相看俱是可心人。

梦境

千梦无端催不醒，一场一折戏频开。
寻常未遇心间事，此夜悠然入境来。

题图寄船夫

山媚歌柔碧水深，扁舟随意桨随心。
佳人一别终成客，莫惹闲情入梦衾。

梦里寻花

浅浅清香落玉肩，杏花乡里与花眠。
此生愿做不醒梦，寻水寻山十万年。

春游

岭上黄花碧谷幽，身前青石小河沟。
此时许下千千愿，一缕清香步步柔。

桃林游

采朵花儿插上肩，粗腰老腿舞翩翩。
桃花与我何相似，岁岁春来又少年。

忆友送别

眼望斜云晚照凉，天山应是碧空长。
曾经醉夜难辞友，离曲声声唯我狂。

咏尧都杏谷

朝犁旭日晚收耙，半谷清辉半谷霞。
最是一年春好处，尧都十里话桑麻。

归乡感怀

青山缓缓空巢树，绿野亲亲独叶花。
忽在村头掏鸟蛋，又回门外玩泥巴。
身曾迷失繁华地，心却停留寂静家。
流水不知人别去，对车欢笑戏枝丫。

怀念父亲

十年一去两茫茫，先父恩深岁岁长。
老树村前生旧绿，铁犁墙角泛新黄。
常思往昔千千好，难抵今宵寸寸殇。
忽见梦中身影过，急追三里辨真章。

阮郎归·咏蝉

四年蛰伏一朝欢，青春忽暮年。疏桐凄切午间喧，掩窗入耳烦。
儿憔悴，母成单。唠叨盈耳潸。声声皆替子孙叹，此情如水潺。

苏慕遮·蝇

夜潜藏，晨亮相。幽室清清，时有飞蝇幌。举起书刊轻拍炕。尘土飞扬，不见飞蝇丧。

觅无踪，闲四撞。忽掠床前，强落胡须上。可恶恶蝇欺我躺。蝇拍拿来，笑尔逃跑状。

卜算子·桃花随想

二月春风柔，依旧枯山瘦。三两枝头早早绽，朵朵红山岫。

疑是仙境来，王母桃园秀。谁是人间多情客，又舞彤云袖?

一剪梅·中秋送别后

终日风馨月亦明，此月卿卿，彼月晶晶。等闲岁月不知愁，花雨逢春，却道无情。

今夜楼前一片宁，寂寞圆月，徒照红亭。轻歌袅袅自天边，月里谁吟，目若寒星。

清平乐·红叶

又逢秋夜，愁雨绵绵下。对面青山云遮野，何处西风痛洒。
也记共品香茶，欲说篝火月华。莫若相思天外，对错已作流沙。

王春林作品

王春林，网名映山红，自由职业，沁水人。沁水县作家协会会员。

早春雾凇

生性痴迷玩树丫，素装微笑扮梨花。
久催不与冬君去，误把春头当自家。

历山红叶

中条峰叠至秋高，迎客枫林占半腰。
纵使画师持彩笔，也叹美景难勾描。

白云洞感怀

岁月悠悠越千载，谜团如锁待人开。
骑驴果老随仙去，游客慕名朝圣来。

毡包有感

月高依杖听涛声，日晓伴霞看野莺，
常恨自身非己有，今朝返璞忘营营。

牛

生性威仪佩月钩，连襟裙带遍乡州。
朝迎旭日踏青远，向晚且听笛子悠。

咏蒲公英

休言骨贱避峰巅，懒与名花去斗妍。
鸿志胸藏人不识，化身玉伞直冲天。

落霞

回宫复命落山头，千缕余晖世上留。
禅意都从形色现，真经总在悟中求。

柳氏民居雨中游

书香缕缕弥山中，晕染心思各不同。
伞面恭迎清代雨，身儿沐浴大唐风。

霜降

看尽琼枝草上苔，冬门偏叫晚霜开。
秋妆我不收将去，哪片鹅毛敢落来？

雁字

迁徙飞鸿谜底多，感情头雁巧张罗。
缘何人字凌空写？总唤苍生细琢磨。

游窦庄有感

登临高阁叹千秋，莫道前朝万古流。
孝子为官圆母梦，夫人抵寇洗邦仇。
昔时烽火化烟去，今日皇都一目收。
折戟沉沙破帆远，耳边犹听沁河舟。

故乡感怀

久隔经年访故乡，身前景象碎柔肠。
曲街闲院流英瘦，乱草蒿蓬满目荒。
秃顶缺沿几片瓦，残垣断壁半边墙。
移民虽住高楼上，总忆儿时那小庄。

石磨

每每与它遥对望，眼前浮现旧时光。
才闻鸡叫五更夜，早有人来石磨旁。
糟粕粗皮做饲料，精华细面送公粮。
虽然记忆常回想，那些曾经已泛黄。

端午感怀

最是端阳感慨多，前朝历代叹蹉跎。
丹心浩浩盼新月，怒浪滔滔祭旧河。
世事茫茫争起落，时光苒苒论功过。
神州遍地奏声乐，且为忠魂报凯歌。

清平乐·暮春游湖

曲栏轻抚，燕子低空舞，岸上暖风戏柳树，泡泡鱼儿频吐。
又是一度春深，轻叹流逝光阴，今日重游故地，曾经旧影难寻。

点绛唇·柿庄游梨园

故地春游，清香依旧飘千里，琼花吐蕊，笑脸迎佳丽。
翘首北望，鸿阵翔天际，过往事，被它勾起，尽惹人诗意。

少年游·赏海棠花

浓妆淡抹戏新枝，忘却了矜持，罗裳轻挽，扭摇身段，妖娆展芳姿。
年年有约年年至，莫误此花期，扯缕清香，掺和春意，一起揉成诗。

踏莎行·杏谷游

杏谷烟花，簇丛神洁，此间香气于时别，花中身欠鼻前闻，惜怜不忍轻搴撷。

游兴难平，借笺言说，深谙笔下文章拙，麦光揉碎溢筐篓，力书为尔诗几阕。

临江仙·硖沟古道情思

曲径寻春霞谷顶，眸收万顷红英，身于花下忆曾经，汉商留古道，侧耳马铃声。

宜将宾朋邀宝地，那些烟水风情，总撩醉意不由生，坛坛甜杏酒，频与五洲倾。

蝶恋花·历山爱情树

遥想当年红桦树，多少儿男，结伴深山赴。唯恐莲开并蒂误，赤皮笺纸情书赋。

斗转星移颜如故，怎就今朝，冷落无人顾。昔日初心终不负，辉煌过后叹迟暮。

刘晓玲作品

刘晓玲，网名诗情，沁水人。沁水县作家协会会员。

登石楼

信步南山寺，悠然半日闲。
寒梅香缀雪，可乞一支还。

蝶恋花

黄花静静开，蜂蝶舞翩来。
千古深深意，诗人几度猜。

小城初雪

结羽芳姿舞，银花一路倾。
悠悠无限思，片片有真情。
对酒轻歌起，吟诗笑语盈。
红尘皆过客，持笔赋平生。

漫步

柳丝摇曳晚风轻，远眺凭栏夜色明。
感叹芳华流水逝，梅河岸畔叙闲情。

古堡传说

经风残壁今犹在，石刻砖雕底蕴高。
小小窦庄连紫禁，孝心敬母见分毫。

舜王坪

偶遇云烟缥缈来，恍疑误入小蓬莱。
历山舜帝躬耕处，七月鸾花遍地开。

雨水

春风送暖纸鸢飞，万物萌芽待雁归。
梅畔柳丝轻曼舞，鱼儿戏水映朝晖。

鹿台石

奇石花开似碧莲，鹿台山上独孤眠。
林深寂寂无啼鸟，日落苍苍有暮烟。
前世洗空愁此夕，今生修得是何缘？
人间如若真情在，愿伴君身度岁年。

追忆袁隆平院士

毕生辛劳在田头，水稻增盈硕果收。
昔日饥荒谁愿念？如今温饱不关愁。
山河垂泪人间别，杨柳飞花梦里留。
四海五湖哀痛祭，先生功德耀神州。

减字木兰花·窦庄印象

凭山依水。燕舞莺歌杨柳翠。窄巷高墙。隐约声声战马扬。
空楼独醉。四百年沧桑史泪。归去斜阳。身后城楼影渐长。

喝火令

岁月轻如梦，匆匆几度秋。镜前愁落少年头。闲绪渺茫遥远，无意再回眸。

了却千千结，丢开万万愁。且看原野正丰收。一赋诗情，一赋梦千柔，一赋地长天久，醉笔写风流。

临江仙·新春闲吟

岁月匆匆数载，半生功业无成。新春时节两天晴。三声新竹响，同贺喜相迎。

长忆芳华不返，唯求体健康宁。老来无事一身轻。几时再把酒，专向寂寥行。

鹧鸪天·上元有感

溢彩流光不夜城，人山人海观花灯。蛟龙跳跃腾空舞，狮虎翻飞震耳鸣。

爆竹响，礼花娉。轻歌曼舞笑声盈。小城同庆神州好，锦绣山河梦筑成。

蝶恋花·张峰水库

坝上风光无限好。云雾飘飘，水阔微波淼。醉卧蛟龙峰翠绕，鱼肥水美闻啼鸟。

旷野无尘方少扰。五彩山河，夕霭炊烟袅。采菊东篱西岸钓，北湖更胜蓬莱岛。

西江月·春城

南苑桃花灼灼，北峰松柏苍苍。梅河水绿草清香，杨柳春风荡漾。

日暮夕阳似火，晚来月色如霜。小城幽处是吾乡，隐约莺声疏朗。

涧泉子作品

涧泉子，本名连鹏，沁水人。沁水县作家协会会员。

杏园

玉蝶浅颦妆锦苔，和风一度陇头开。
杏园春雨晨方住，篱上已飞青鸟来。

八骏图

一轮红日自东来，八骏银蹄点锦苔。
未睹徐公神笔绘，且瞧芊手慧心裁。

忆红楼

西窗斜倚月轮新，欲返红楼问昔人。
北往南来寻墨客，几多还是自由身？

冷秋

一树红枫湿绮年，千丛菊色写云天。
星霜几夜催头白，雨线迟迟不断弦。

秋怀

秋风应拟妒春艳，万绿丛中散落花。
残梦雨烟何处是，已先晓色到千家。

苏东坡

弱冠佳音金榜传，一身傲骨出眉山。
益州唯有中岩好，海内无如王弗颜。
旧曲重听游赤壁，故人不见赴蓝关。
大江淘尽古今事，醉卧临皋孤棹还。

秋日抒怀

竹杖芒鞋南苑畔，洞阳山下蜀葵妍。
远思渐没凡尘里，酒意微醺花海前。
朝雾晚霞方日日，秋来春去复年年。
草庐晨起听枝雀，一案书香锄作田。

秋语

庭外秋风别有年，红枫一片染江天。
竹摇晨起东篱下，花落晚归西日边。
欲寄何须鱼尺素，遥思自可酒歌弦。
笑叹岁月与人老，听雨孤灯伴醉眠。

九月二十一日

弱冠未闻黎庶苦，而今亲历布衣忧。
清名屑与虚流伍，傲骨不堪俗世酬。
且入东山耕沃土，再临西水荡孤舟。
执壶本共孙公饮，岁月如梭已作秋。

青玉案

那年分别香尘路，寂寥起，人归去。入骨相思谁可拒。风搂黄叶，红枫沾露，碧水轻舟处。

萧疏荒野孤车伫，落寞苍凉独悲语。却道情愁知几许，一絇寒意，千丝浅雾，把盏望秋雨。

画堂春

秋风无语也伤离，湖烟轻没涟漪，绿丝摇曳醉眸时，些许相思。
一缕清音素影，几分香婉芳姿，愁来对镜画双眉，更漏惊回。

浣溪沙

只慕陶公闲执锄，深山雅谷结衡庐，东篱风过菊香舒。
醉卧草亭闻鸟语，醒游遗寺访曼殊。且随风雨倾一壶。

画堂春·冬夜

玄英风啸梦依残，冰花轻语安安。小楼今夜寂幽还，诉与谁欢？
曾许此生相伴，却然远隔重关。红尘浅唱诵流年，伴我冬寒。

采桑子（一）

碧霄辜月无银粟，烟色苍茫，烟色苍茫，寒夜围炉倾一觞。
小楼昨夜聆冰雨，梅放幽香，梅放幽香，睥睨群芳冷蕊妆。

采桑子（二）

桃红枝墨春风俏。鸾鹤双栖，彩蝶双飞。香绕东篱几树催。

廉纤才歇凄无语。夕幕余晖，夜色微微。落尽刘郎永依偎。

喝火令

笑语方初落，愁肠已欲行，却将孤影寄伶仃。樱口浅颦低唱，挥袖动芳馨。

雀舌从谁续，孤桐入夜鸣，曲终人散梦方醒。怎奈星寒，怎奈泪眸凝，怎奈竹篱随步，醉倚玉栏听。

声声慢

一丛艳红，醉了眼眸，满目丽景谁收。此时明黄依旧，再上城楼。醉在此间春色，执一觞、花露含羞。独饮里、赏天青云白，碧水悠悠。

往昔峥嵘岁月，轻狂处、留下几许乡愁。已把蓝图描就，怎可东流。再邀雅人慧士，岂停休、岂为私谋。与君醉、掷空樽为约，共掌维舟。

江城子

同舟今世百年修。意依投。暗香留。笑语盈盈，菡萏亦含羞。又忆北山星欲亮，牵素手，吻灵眸。

芳心曾驻已东流。月如钩。照西楼。夜色深深，浅饮几杯愁。独坐草堂斜倚榻，难阖眼，小窗幽。

莺啼序

明朝末年战乱，见天权旁落。携民共十载围城，不歇人力浇濯。古堡外、流兵夜袭，张家道浚闻风鹤。率兵平，烟灭灰飞，英雄封槊。几度春秋，星霜荏苒，古城声巍岳。朱雀守、玄武相扶，瑞光偏指寥廓。入层云、清霜紫气，抬眼望、飞檐高阁。博浮名，奋马扬鞭，激昂喷薄。

沁河如画，淡墨鸿儒，风采自领略。忆往昔、俊英卓烁。左相王侯，赫赫功名，至今谁获。繁花易冷，豪情尽锁，未酬壮志人情漠。尽余生、玉岭望濂洛。红尘陌上，刀光剑影无声，忘却芳影斑驳。又逢年末，寒雪初飘，北庭风来恶。把酒问、欲言何托。过眼浮华，爱恨由分，明志淡泊。朱衫褪色，香醪粗布。觅晴觅雨由身去，莫强求、适志为真乐。早肩锄晚归书，山水纵情，等闲抛却。

紫袍人作品

紫袍人，本名程浩，沁水人。沁水县作家协会会员。

游园

花榭浮香远，云亭润竹新。
独游山欲晚，微雨似留人。

秋月

秋夜上孤轮，萧然照玉津。
寒光如有意，偏向不眠人。

己亥小寒

艳雪寒枝拓晓风，梅边邀饮恨无功。
殷勤寄问梁溪客，开到园山第几丛？

乘月赏白玉兰

白裳着月影参差，反怨邻梅不解时。
暗夜风多应怯冷，缘何先放最高枝？

微雨闲行

老柳芽丝半未开，春池绿欲上亭台。
归云山里人何去？风雨桥边风雨来。

西湖临水海棠

东风又醉海棠花，烟水微波荡紫霞。
蜂蝶引人春色好，邀君宜酒也宜茶。

过寒山寺不入

一句扬名久不同，寒山旧寺换新钟。
蛮商据利无情甚，竟与枫桥划两重。

桃花落

经雨山光碧水柔，野风拂落乱随流。
合应酿作桃花酒，唤与诸君上晚楼。

贴梗海棠

露草拥花满玉台，微风漾上美人腮。
重绡帐里贪春睡，忖断心思不肯开。

山村秋日

秋霜秋树晚秋天，秋月秋村两不眠。
秋雨秋风秋色里，黄山红叶白云边。

饮茶对雨寄韩居士

烟山草木漫轻丝，暂向微风寄一词。
鸟引蓬门疑有客，茶寻静地恨无时。
人言笑骂由人去，自悟甘辛只自知。
万象纷繁皆过眼，长留净月护心池。

立冬夜寄海上故人

春秋节序幽人去，却慰寻常不奈何。
露染丹枫方有致，风收银杏已无多。
参差柳影山头月，翻覆潮声浦上波。
梦里烦愁如欲寄，孤琴此夜可弹歌。

垂丝海棠

晨雀催人早，寻香过海棠。
新风惊醉梦，昨雨动残妆。
自恨闲光少，别期盛日长。
殷勤多探看，莫负满庭芳。

故园夏日

水澈暑风轻，林高夏景明。
飞窗云一角，唤梦鸟三声。
澹月悬将落，芳荷雨已晴。
南山深翠里，邀与故人行。

夏夜招饮寄韩居士

暑雨两相侵，凋花尚可寻。
烟山时落寞，野岸暂凭临。
酒郁人初醉，风幽暮已深。
一凉堪入夜，梦半起归心。

清平乐·西府海棠

海棠几树，只恐花期误。谢却桃梨长相顾，不忍芳心轻付。
翠席红影堪眠，昨来风雨无间。收取残香时候，随酒寄到君边。

一剪梅·海棠开日逢雪

无意何人种海棠？几许疏阴，向我西窗。清词浊酒赋花间，玉影娇姿，不似霓裳？

镇日和风两径香，朝与游蜂，暮与垂阳。关山微雪最多情，负了春光，醉了海棠。

临江仙·送友人远学有寄

星夜随君东去远，应教雨住云收。常期千里诉情愁。世间些底事，不必上心头。

扼腕频翻多少恨，何由空负春秋。沙洲鸿影忍羁留。清风拂日月，直上最高楼。

看花回·雪夜醉归

节尽风高送雁行。凋叶飞霜。寄身难遂多年志，意气衰、羡少年郎。向将华鬓里，回首轻狂。

愿解诗囊换酒囊。不似寻常。暂凭归后深深醉，借来销、永夜薄凉。怕离人旧事，重蹈心肠。

满庭芳·与友宴东坡居上

长夜论书，小楼观画，笑同山水登临。与君茶罢，香柏缀单襟。身累神疲已久，远来叹、幽境难寻。聊相诉，平生有梦，四海遍知音。

而今。天半暮，雷踪隐灭，云影浮沉。急雨疏檐下，杯酒归心。翻乱经年旧事，借狂醉、吐露难禁。邀寒月，松风伴我，花落一声琴。

田晋元作品

田晋元，网名山顶老人，教师，沁水人。沁水县作家协会会员。

阮郎归·题倾晴过江

斜阳晚照醉君前，残红染翠鬟。东风掀浪弹丸间，轻舟江上巅。
高塔下，渡桥边，谁人独倚阑。夕阳落水湿朱颜，黄昏袅袅烟。

鹊桥仙·立秋

白云犹在，蝉声渐弱，入夜难听蛙鼓。应知是暑去秋来，怜弦月、悄然西去。

菜畦新绿，蜻蜓衰倦，伫立细观近处。轻风未有半分凉，生生是、吹来小雨。

南乡子·梦断鹊桥

细雨湿秋风，银汉年年此夜同。“新冠”鹊桥魂梦断，空空，寻觅牛郎织女踪。

天水永流东，荡起星波月色朦，久盼不来杨柳瘦，匆匆，负你香残泪眼红。

鹊桥仙·七夕

夜深月寂，心痴情挚，两岸依然难免。难为喜鹊架长桥。双掬泪、重逢未晚。

云收雾散，佳期何在，总是缠绵缱绻。只求银汉永相连，且留住、今宵冷暖。

鹧鸪天·端午节感怀

又逢端午叹长天，忠魂抱石汨罗边。《离骚》绝唱楚王恨，报国无门屈子冤。

龙舟荡，艾香怨。清风追忆几千年。龙吟虎啸歌盛世，《天问》留芳不朽篇。

满庭芳·春到沁水

山色澄花，水光融日，新桃柔柳重重。数行归雁，今与我相逢，同为歌云梦雨，斩冠毒、早去雕虫。伫窗望，翠松青竹，处处落飞鸿。

太行，还似旧，蜂飞蝶舞，凤落梧桐。洎水两岸新，惊蛰春风。滋润垄田细雨，菜花郁、新麦青葱。佳期在，丰时初夏，看累累仓中。

鹧鸪天·雪夜小饮

白雪殷殷盼初春，冷光淡淡罩梅魂。嫩芽未解一犁梦，冻土滋生三寸根。

清洁地，浅温醇，举觞半盏笑孤身。寒冬又浸星灯小，指外弦臻乡韵存。

青玉案·风雪归途

残冬梅萼含芳意。雪花在、寒风里。拥粉抱红能有几。清香飞去，空留枝醉，薄雾吞冰砌。

烟横陌上山无际。试问新愁向谁寄。乡路迢迢归脚起。半轮冷月，满城风厉，游子心儿碎。

虞美人·春水溢香

江亭春色鹅双醉。杨柳赢湖翠。廊桥倒影更多情。玉炉香暖曙天明。梦难成。

池边早有虞人美。满地银晖蕊。秉持禅卷绮罗烟。片云疏雨忍漂千。忘寒天。

浣溪沙·荷花

细雨浇开嫩蕊盈，柔风唤起翠枝擎，轻烟袅袅总关情。

玉骨香魂添秀色，冰肌仙韵荡春声。一塘韶媚醉光明。

沁园春·历山风光

白雾茫茫，瀑流淙淙，大雁凌霄。望历山南北，烟霞满目，碧峦沟壑，虬蟒盘腰。羽斗鳞游，宽道匝绕，恰是琼台于此曹。洪谷秀，水肥枝叶茂，时值秋潮。

秋风浸来也，万树千树红叶妖娆。叹半妆香色，姿娴韵俏。舜王坪上，花素蔫蒿。霞叠翠悬，林海白雪，漫天蓬、山川气豪。销魂处，赏松凇瘦骨，妩媚多娇。

苏幕遮·杏谷朝霞

舜风清，尧韵对。杏谷丹霞，垄上青烟翠。香绕嫩枝正露蕊。轻吐柔情，弥漫山村外。

暖风柔，花自瑞，燕语莺歌，一任群芳卉。不饮香醪常似醉。游客忘归，杏峪风光美。

喝火令·暮秋柿园

野水横寒影，秋山入暮风。弱枝无叶结灯笼。乌鹊乱飞频顾，馋处恨刁穷。

可叹身姿短，难为一树空。惹心痴顿足胸隆，索性朝朝，索性晚霜红。索性树梢尖站，不惧白头翁。

王玮作品

王玮，网名段二、沧浪之水，沁水人，中华诗词学会会员，晋城市诗词楹联学会会员。

戊戌年中元节（三首选一）

今人易地迁，往事已如烟。
唯有青青枣，酸甜似少年。

立夏前四日与青师诸子夜饮醉码头

浮云落日空，流水各西东。
对座犹多泪，翻疑梦里逢。

丁酉年春送别何总

孤雁掠长空，关山又一篷。
春池荷欲隐，云际影难空。
久伫喧嚣别，微情万古同。
当年多少事，已在汨萦中。

寄友人

长河落日开，暮柳照行台。
一聚三年醉，双飞百里哀。
冰心悲忽喜，断雁去还来。
相诺不伤别，缘何泪满腮。

冬至后五日窦庄游

梯石盘旋上，临风阅窦庄。
街长蒸鼎气，巷窄染残阳。
看战台雄峙，悲花木晚凉。
何须劳戍险？民意是高墙。

赠友

相逢莫问几多秋，草色同年赴潞州。
但忆葱茏花好处，白衣款款正回眸。

关于春天（三首选一）

有信东风昨夜行，柳烟袅袅水盈盈。
思君直似沿河柳，每到春来便发生。

历山行吟之所见

百里苍茫雪满山，西风卷地彻骨寒。
平生多少迷茫路，今日重来过一关。

我也咏鸡

觅食平生在草丛，也陪志士舞东风。
纵然一唱千家白，不过寻常菜谱中。

杏花节（四首选一）

玲珑满树密如星，料峭春寒酒未醒。
偶有山风身畔过，杏花和我两飘零。

登碧峰山

少壮何须强自宽，层楼信步觅清欢。
蜿蜒二水回飘带，鼎峙三山试翠冠。
人世飘零灯火渺，声钟辗转暮云寒。
无言最是秋池里，鬓发萧疏不忍看。

驾照数次补考终得过关

通关今日意如何？惊涉千难闯四科。
歧路分心机遇少，风尘染鬓感怀多。
加油往往悬一线，熄火偏偏在半坡。
早料今生难取巧，逢人问起只呵呵。

家有飞花令

家有垂髫出语惊，飞花大赛欲争鸣。
阿爷受命装康震，小妞分身扮董卿。
脱口江南花色艳，长思塞北月光明。
可怜刮肚词穷后，急捧诗书稚泪盈。

夏居偶成

烦劳终卸一身轻，始觉蜗居乐趣生。
山外浮云舒广袖，堂前乳燕试初鸣。
大儿伏案涂新墨，小女临窗弄古筝。
美景何须千万里，心如陶谢自怡情。

贺青师戊戌生辰

夜空如水小风柔，满月盈窗忆旧游。
两鬓凝霜藏腼腆，三年把手释风流。
高歌最是长平曲，斗酒常怀沐思楼。
忽念生辰明日至，欲穿泽潞向并州。

钗头凤·悟因楼

乌云散，娥眉懒。嫩荑弹曲声声缓。帘外雨，滴心苦。故燕重归，冷凄何故。悟，悟，悟。

东风暖，花枝展。柳丝长向轩窗挽。陈规腐，礼如弩。今世无缘，再生重晤。诉，诉，诉。

蝶恋花·同桌的你

那日无聊翻日记。浅笑轻眸，小手纤纤你。谁放鹿儿芳心底？羞红馆外青青李。

可叹时光不讲理。潘鬓沈腰，总把芳华替。昨夜网聊相忆起，幽幽却问孩儿几？

如梦令·诀别

日暮西风凛冽，相诺商参两别。转步偶回眸，依旧车灯明灭。声咽，声咽，落叶追飞成蝶。

喝火令·雪中送别

昨夜花如雪，今晨雪似花，漫天飘洒各天涯。冰玉砌山妆树，离乱满枝丫。

总恨逢君晚，云泥馥馥茶，忍闻平地起胡笳。此后离索，此后径犹斜，此后少烟多饭，酒醉莫行车。

王新福作品

王新福，笔名心夫，沁水人。晋城市太行乡土文化研究会会员、晋城市作家协会会员、中国赋家协会会员。

沁河赋

五行定序，水居中央，与火土相克，和金木相生。

上接九霄之浩气，下融旷野之长风。其状无形，至空至净；其色透明，脉脉柔情，老子称上善之美，庄子比兰交之衷；滋千方以光大，润万物而含弘。

源出绵山东麓，中切太行王屋，穿越中州大地，奔向滔滔黄河。天马云开，卷起千堆雪浪；相思鸟唤，牵动九曲回肠；碧波坦荡，骋温馨遐想；悬崖瀑壮，奏雄伟华章；空谷深幽，漫听千万载渔歌樵唱；入海口阔，豪饮大小溪玉液琼浆；缱绻而行，情萦故土，蜿蜒南去，气壮北疆。

时当春光融融，眼尽风和日丽。举目四野望去，沁河像条银带，缠山绕冈，汩汩东流。水面微波不起，却有百鸟追逐轻点；俯视清澈见底，偶有鱼儿跃起，两岸青山、蓝天白云、浣衣少女、倒影其中、饶有情趣……

盛夏雷雨过后，登高观澜，领略绝妙景致。似万匹脱缰野马，从天际狂啸而来，翻起沉重泥沙，托起枯木滚石，激烈打着旋涡，吞没四周田野，卷起排空浊浪，一意孤行、勇往直前。面对澎湃水势，顿觉人在颤动，山在摇晃。其势揪人肝胆，其声动人心魄……

秋雨霏霏之际，凭栏远眺，漫漫烟水，隐隐云山，不观日月光明，只见水天一色。红瑟瑟，满目蓼花，绿依依，一洲芦叶；双双鸿雁，哀鸣在沙州矶坝；对对野鸽，蜷缩在败荷顶畔；霜风阵阵，似离人点染泪波，风柳凄凄，如怨妇蹙皱眉黛……

三九隆冬之时，伫立楼栏凝视，风卷残云，万木萧条，如银河坠地，固然不动，悄然无声；似玉带铺展，寒光闪烁，玉洁冰清。时有顽童滑动，悠然自得、其乐无穷……

日月苍苍、天地煌煌，斗转星移、时过境迁。思昔日帝王征贡，盐民食淡；今朝黎庶当家做主人，百姓逢辰脱苦贫。雅座“听声”脆响敲壶堪悦耳；云轩“品韵”锦笺辅案好吟诗；因地制宜，根系同谋保“稳定”；与时俱进，年轮紧扣促“和谐”；春风拂面，放眼山河争靓丽；“韩信点兵”运筹帷幄任驰骋，赏心悦目，芳草奇葩皆蓊郁；自然相处，珍禽异兽共欢欣。

适逢良辰，美酒三觞可满斟，祝椵美景，小赋一笺歌雅颂。

榼山赋

榼山奇兀，介乎于万山之中；胜概孤标，雄险于太岳之巅。腑秦川、览高平，峰峦耸秀，万重岩壑；连沁、冀，接阳、泽，抱冈环谷，迤逦蜿蜒。

榼山唯松柏。荆棘不生，杉苣无存，霞蒸檐阿，螺堆簇拥。穿林而入，清荫满路，苍翠之色，历四瞰不易；万柏插天，千秋翳日，枝杆犬牙，弥漫茂密，经千年不变。松涛鼓浪，山风贯耳；苔藓青青，涧溪潺潺。丛中野兔出没，头顶鹰雕盘旋。蜂飞蝶舞，百鸟啾鸣，山花争艳，色香迷人；千姿百态，难以言表。

榼山多怪石。或怪兽蹲伏，或孤傲昂立，或倒栽松间，或棱岩声脊，或峭立悬崖。纹络迥异，线条清晰，似人似兽，似云似海；大象无形，莫可言状。

榼山多溪泉。南北相合，左右逢源，清泉碧巘，甘冽可用，混涌不竭。逢坎聚潭，荡漾涟漪，清澄见底，日光下澈，影布石上，或怡然不动，或风生影乱；遇岩成瀑、似帘若纱，溅玉喷珠，银练轻舞，晴亦落雨。山因水而青，水得山固秀，盖灵亦所钟，春花铺锦、夏云生辉、霜林明霞、寒林耀目。隐楼台于烟雨之中，听溪声于枕席之上，真幽人访隐之处，乃仙家常居之所。

榼山生灵气。山原有寺，唐景福赐额“大云”，明皇开元二十五年，“时夏洎秋不雨，沁人惶惶”，县尹率僚祭祀，斋戒请祷，翌日“忽如有龙，隐隐于山峰，合境大雨，高下滂注，应期立降，秋遂所获”。凡历千余年，钟磬长鸣，香火旺盛，万民朝拜者，络绎不绝。

榼山多险峻。上拂浮云，鸟革翚飞，直插霄汉，登高远眺，目界以天为际，下临沁渚，如练如虹。自艮于兑，峰峦叠嶂，村落炊烟缈霭，出树杪间，野渡舟泛，若轻鸥漾水。城郭田园、蠕动人流、百余里景致，皆供一览。划然长啸，声震林谷，余音不绝。倦则席地而卧，无择梵老庄骚，朗吟默会，梦蝶成影。榼山天成自然，不假雕饰，虽僻处乡曲，可胜九江风物，能过三楚云烟，斯足以增诸天之壮丽，助佛地之光辉矣！

远观此山，自回头村之孤山发脉，大顿小伏，星峰磊落，沁河随之缠绕，行度摆拽，左右轩昂，如生蛇渡水，啄木飞空；行至樊庄村时，其势有序，金箱玉印，文笔高耸，自离祖以来，辞楼下殿，精神俊异；延伸至坪上村境，形势翔集，奋迅突起，左旗右鼓，如雁腾鹰举，直逼九天；至窦庄村处，支脉缓冲，纶序不乱，由粗剥细，形势蹲踞，安稳停蓄，如虎顿象驻，牛眠犀伏。

近瞧其水，水随山而行，山界水而止，可谓：水溯其源，龙探其祖，山之得水，水之得山，龙水交欢。探其祖固贵，入其乎自兴宗，故能聚气藏风，灵气隐动，数万年不败。

张峰水库赋

张峰水库，居沁水郑庄镇内，背依王离城，左索大尖山，右携佛庙岭。六百二十七米长堤，截沁河巨龙成一片天池泱泱；七十二米高坝，托万顷碧波荡漾于茫茫九霄之间。天连远水，水接遥天，高低水影无尘，上下天光一色；溟溟蒙蒙，浩浩漫漫，时有轻雾氤氲、山峰隐隐、海市蜃楼、亦真亦幻、近观似有岸、远望却无形。虽大禹之智，弗能测其深浅；离娄之明，焉能辨乎咫尺。

追源溯流，沁河源出太岳东麓。经沁源、历安泽、“三源奇注，左右还溪、参差翼注”。穿太行峡谷、越中州大地，蜿蜒千里，注入黄河。数万年几易其道，洪旱频仍，危害颇多。或两岸干旱焦土，寸草不长，民不聊生；或下游洪涝，冲毁村庄田禾，折楫沉舟，吞噬生灵，几千年辛酸、几千年哀叹、几千年滴泪……

新中国诞生，共产党执政，体恤民情，关注民生。五八年欲念萌动，七三年立项，七四年动土，高山深壑、人头攒动、战鼓擂鸣、炮声隆隆、旌旗猎猎。凭千万苍生，不畏时艰，日夜奋战，乐居土窑，愿栖草毡。铺油路、架电缆、土法上马、披星戴月、平车上阵、肩扛人拉。钢锹挥舞、铁镐轮番，架槽凿洞，穿山越岭，抱鸿鹄之志，愚公移山，费尽心力；横下决心，定要改水乡于斯地，造天湖于高山。

八十年代初春，经济改革，宏观调控，工程缓建。苍山肃立，沁河默默，微风不吹，旌旗不展。二十载春秋，朝思暮想；二十载寒暑，二百万人翘首企盼。此后数十次高官视察，名流造访，多次报审，几多论证；部长圈点，省长拍板，山重水复，柳暗花明。二〇〇四年，山呼海啸，群情振奋，十七亿投资，三年多苦战，钻机林立，大型机械轰鸣，添一万多方土石，筑铜墙铁壁，高峡起湖。控流四千九百多平方公里，库容四亿立方之巨，闸房傲立，一夫当关，隧道泄洪，酣畅壮观，下灌农田百万。三千移民弃家献田，舍近求远，割腕碎玉，截千古激流，惠及沁、高，赤胆忠心；除百年水患，恩泽阳、晋，大爱无私。现代化之调度，解千家企业之渴，饱二百万子民之饮。库区堆绿，生态和谐，内外面貌焕然，精品水库一新。令大禹折腰、鲁班叹服、李冰汗颜。

举目洋洋湖水，东西两千丈，南北三十里。大海之造境、广湖之气象；笑西湖之浮浅、嘲东海之肥阔；聚四海之珍、咏众川之精；涛涛沁河，覆五县之利，唱万泉之音。太公可垂钓、西施可浣纱、孔明可泛舟。旱时一啸出征，排山倒海、所向披靡、滋干涸之田、去缺水之忧；涝则潜身修隐、苦心励志、脉脉坚守、容万物之气度、纳大爱之襟怀。

漫步堤坝，只观得清波碧水、倒映蓝天、景象万千，岛屿萦回，缀明珠于锦缎；环顾四周，群峰聚龙、冈峦掩映、风生影乱、围翡翠于玉潭。双双野鹭飞来，点破满池碎银；两两轻鸥掠过，冲出条条玉带。春风淡荡，溶溶波皱鱼鳞；夏雨滂沱，滚滚惊涛拍岸；秋蟾皎洁，金蛇游光波澜；冬雪飞扬，玉蝶弥漫天地。日升，霞横远岫；日落，雾锁奇峰，不似人间、胜似仙境！

时维九月高秋，天霜烂漫，落叶缤纷；独驱车前去拜访，感慨颇多，遂草就拙赋一篇，以记情怀耳。

沁水中学赋

天地垂文，星斗罗象，万物仰之以昭；紫徽炳朗，奎聚三垣，八方贤士来朝。

沁水一中，气宇轩昂，北枕玉岭，南沐杏水，东依龙岗，西偎碧峰。青龙护卫。藏和风以纳千祥；白虎烘托，聚灵气方得佳壤。

沁水一中，历史绵长。建校肇基，举步维艰，易址改谓，周折再三。初创于一九四六，址设于端氏坪上，四七年迁徙县城，先北街王家院，后西关五柳庄。办学伊始，师生同心，赤臂上阵，整修操场，盘炉泥墙；筚路蓝缕，修残补缺，更门换窗。忍饥学子，未尝释卷；清寒教师，不辍弦歌，师存学术，竭尽平生之力；徒系兴旺，熬油苦读寒窗。本期大展宏图，不料却遭祸殃。幸斗转而星移，庆拨乱而反正，科学迎来春天，教育重现希望，惊雷一响，好雨随风入夜；布谷频催，枯木又逢甘霖，莘莘学子，奋追十年之逝水；殷殷老师，大展平生之抱负；尘封书卷，故旧重遇知音；沉寂校园，木铎又振金声。

沁水一中，大气泱泱。覆压一百五十余亩，十八轨教制，五十四个学班。楼宇雄沉，庄严肃穆。设施齐备，书刊充栋，器材达标。寓所洁净，有居家归舍之感；餐饮丰赡，无赢粮负薪之劳。漫步校园，花繁草茂，空气清新，林木扶疏，松柏倒映。操场广阔，倩女靓男，强身健体；实验室内，凝神屏气，寻妙察趣；图书馆内，科海遨游，史海探秘。学子三千，勃勃生机，曲径柳荫之下，闻书声琅琅，宽敞教室之内，神情专注听讲。数百良师，芸芸多士，毕生赤胆，济济一堂，或骥于文，效圣贤以追三立，或研于理，论勾股而习九章。故人文为之荟萃，学术成其渊薮；辛勤教师，共执陶甄要纽；青青子衿，同瞻学术泰斗，科学思想，西哲为之叹服，道德文章，时贤推为翘楚，真可谓：莫道人间无净土，此处清雅别洞天。

沁水一中，煌煌文邦。乘浩荡东风，绘锦绣篇章，继承传统文化，吸纳名校智慧，开拓办学空间，优化资源配置。技能与道德共建，文化与管理贯通，专家传授治校；大师名匠导航，引技术之英豪，达强校之目标，树立以人为本，激发师生潜能，“为了学生一切，一切为了学生”；“一年高考三年抓，高中三年一盘棋”；“走动式管理，近距离服务”。创新教育，前程似江海；立志改革，气势盖云天，教师以孔子为楷模，学生遵颜回为典范，呕心沥血，常燃烛以光灿；循循善诱，每举一而反三。助、减、免，关爱有度；贫、穷、困，大爱无疆。业精于勤，煅炉火纯青之教法；学荒于嬉，垂光阴虚度之训言。厚德在于修尚，笃学在于自检，乐思使人明慧，守恒使人渥涣，点面相济，互为衔鞍，远奢华而心定，近淡泊而意酣，唯其如此，堪乃称：仰苍天兮无愧，俯大地乎无惭。

沁水一中，前程似锦。教育兴则民族兴，惠国威之鸿振，沐盛世之春风，济济良师，衔泥筑垒，谆谆教训，授业至诚。挺脊以为梯立，伏躯而作桥身，格物致知，滋兰而树蕙；焚膏继晷，润物以无声，蜡泪干而辉远，青丝尽而茧成，三千学子，韶华刻励，浩浩书卷，不负青灯，折桂蟾宫，每标楷试，金榜踏遍，力压群雄，信否？北大有载，清华有名！

壮哉！鸿鹄振翼，掠天风而高翥，骏骥奋蹄，啸林壑而驰疆，愿沁水一中，再创奇迹，重铸辉煌！

湘峪“三都古城”赋

三都古城，铺山川之峻茂；浩然雄气，滋韶景而天成。

北辰七星镇锁，南斗罗列龟蛇；东西日月捍门，左右蝉翼护卫。

三都湖景，傍古城以聚气，润坎位而腾轩，柔心所向，居上善而蓬勃。观夫，湘溪发洞阳山而不竭，飘彩练而清妍，畅意且虚怀。但凭拱桥而卧，上下辉映，一幅画卷，朝暮不同。水泛天青之朗朗，天涵水声之潺潺。绿松摇曳，与诗织梦；亭阁耸峙，游人乘兴。

叹彼莽莽古堡，巍巍高邈。串串兵洞，借形借势，构气象之森森；逞思逞智，布格局之孤峭。藉以防匪抗劫，安黎遮以宴如，保康宁而炳耀……

瓮城古朴，三门鼎足，矢堞森列，龙蛇含珠。邀月楼、望松楼、三都堂、石牌坊，山得楼幻景；插花院、炉台院、校武院、绣楼院，楼叠山建成。延秀院、绘图院、棋盘院、帅府院，异曲同工；文武衡鉴院、四部首司院、视履考祥院，气势恢宏。砖雕木雕、垂檐眉柱，中西合造；三街九巷、上印星宿，纵横排布。望古城之雄伟，德仁广布；观屋宇之风采，神工鬼斧！角楼红顶飘浮，千片朝霞飞渡；院院高墙回风，万朵祥云笼罩。檐角欲飞，仿佛群雁相唤离渚；斗拱相争，恰似万众沙场齐出。

见乎磨损石阶，繁华非为虚语；摩天古槐，耸立曾证苍龄。四百年之故事，车来马往；多少代之斜阳，难述端详。再循古道而前，又见石雕牌楼，字迹挺拔刚劲，旌表功绩流芳。仰敬厚德，激骚客而雄文；播声海内，励仁人而奋勉。

夫其城内明秀，必有人隆。五德嬗运，水火明清，廉吏孙居相，品格与翠竹比直，为民请命，立庙堂而慷慨，处混浊而不染。虽屡遭陷害，但青云之志不坠，报国之心未改！经国大才孙鼎相，身兼数职，忠勤为政，利谋社稷。守正之心不移，廉洁品质常在，“身为射的，志不稍挫”。儒官孙可相，资校序而育英才，重文教而振同宗，是故，昭垂之勋，焉能云阻；积蕴之善，上天作证。孝懿孙立相，乐于清贫，恪守诚信。奉行孝悌之道，有儒侠之风；甘为人梯之德，令族人崇敬！

壮哉！三都古城，刻画中蕴含教益，木柱上积淀人文；梁枋间宣传仁德，廊壁上演绎忠孝。一阶一槛之设，无不遵循理法；一弯一绕之规，皆现淳朴民俗。堡巷勾连，流淌绵绵同宗之义；贫富互居，弥漫浓浓共祖之情。

信步间，熏染祖先古训；居处中，沐浴前辈遗风。穿门过巷，如翻阅国史家乘；步换景移，似飞越时代风云。上台下阶，步履中堪悟家族盛衰之理；转弯抹角，晦明间可省人生荣辱之踵。

当今湘峪，生态清飏，民乐谷丰，旅游旺盛。真可谓：娉娉之燕影不孤，落落之春光正浓！